8° Z
10685
BIBLIOTHÈQUE PATRIOTIQUE & RÉPUBLICAINE
ILLUSTRÉE
LE LIVRE DU PEUPLE
N° 43
LONGUS
—
DAPHNIS & CHLOÉ
II
10 CENTIMES
10 CENTIMES
10 CENTIMES
L. BOULANGER
ÉDITEUR
SOUS LA DIRECTION DE J. LERMINA

MODE DE PUBLICATION

Il paraît un volume par semaine. Chaque volume pris chez l'éditeur ou chez les libraires ou marchands de journaux, coûte 10 Centimes.

Chaque volume envoyé *franco* par la poste, coûte 15 Centimes.

Cette augmentation n'est pas autre chose que le prix réclamé par la poste. — Les cinquante premiers volumes sont :

DAPHNIS ET CHLOÉ

(Suite du N° 42)

Mais quelque paysan de là autour ayant affaire d'une corde dont on suspend la meule à presser le raisin, étant la sienne par aventure usée ou rompue, s'en vint de nuit au bord de la mer ; et trouvant le bateau sans garde, délia la corde qui le liait, l'emporta en son logis, et s'en servit à son besoin. Le matin les jeunes gens cherchèrent partout leur corde ; mais nul ne confessait l'avoir prise : par quoi, après qu'ils eurent un peu querellé avec leurs hôtes, ils tirèrent outre, et ayant fait environ deux lieues, vinrent aborder à ces champs où se tenaient Daphnis et Chloé, pour ce qu'il y avait, ce leur sembla, belle plaine à courir le lièvre. Or n'avaient-ils plus de corde pour attacher leur bateau, et à cette cause prirent du franc osier vert, le plus long qu'ils purent finer, le tordirent et en firent une hart, dont ils lièrent leur bateau à terre ; puis lâchant leurs chiens, se mirent à chasser, et tendirent leurs toiles aux passages qu'ils trouvèrent plus à propos. Ces chiens, en courant çà et là et aboyant, effrayèrent les chèvres de Daphnis, lesquelles abandonnèrent incontinent les coteaux, et s'enfuirent vers la marine, là où ne trouvant rien à brouter parmi le sable, aucunes des plus hardies que les autres s'approchèrent du bateau, et rongèrent la hart d'osier vert dont il était attaché.

La mer était un peu émue d'un vent de terre qui se
levait; le bateau une fois délié, les vagues le pous-
sèrent, l'éloignèrent du bord, et le portaient en mer :
de quoi les chasseurs s'étant aperçus, les uns accou-
rurent au rivage, les autres rappelèrent leurs chiens et
tous ensemble menaient tel bruit que les gens de là
autour, pâtres, vignerons, laboureurs, les entendant,
vinrent de toutes parts; mais ils n'y purent que faire.
Car le vent fraîchissant toujours de plus en plus, mena
la barque au gré du flot si roide et si loin, qu'elle fût
tantôt hors de vue.

Par quoi ces jeunes gens, dolents outre mesure,
perdant leur bateau, biens et tout, cherchèrent le chè-
vrier qui devait garder les chèvres, et trouvant là Daphnis parmi les regardants, en chaude colère commen-
cèrent à le battre et à le vouloir dépouiller : même y
en eut un d'entre eux qui détacha la laisse dont il menait
son chien, et prit les deux mains à Daphnis pour les
lui lier derrière le dos. Lui, comme ils le battaient,
criait, implorait l'aide d'un chacun, mais sur tous appelait à son secours Lamon et Dryas, lesquels accou-
rus, tous deux verts vieillards, ayant les mains rudes,
endurcies du labeur des champs, prirent très bien sa
défense contre les jeunes Méthymniens, en leur remon-
trant qu'il fallait entendre du moins ce garçon, pour
voir s'il avait tort, et que chacun dit ces raisons. Ceux
de Méthymne le voulurent, et, d'un commun accord,
on élut pour arbitre le bouvier Philétas, à cause que
c'était le plus ancien qui se trouvât là présent, et
qu'entre ceux de son village il avait le bruit d'être
homme de grande foi et loyauté. Adonc les jeunes gens,
prenant la parole, firent en termes courts et clairs leur
plainte de telle sorte devant le juge bouvier :

« Nous étions descendus en ces champs pour chasser, et avions attaché notre barque au rivage avec une

hart d'osier vert, puis nous nous étions mis en quête avec nos chiens ; et cependant les chèvres de celui-ci sont venues, ont mangé l'osier dont notre bateau était attaché, et par ainsi l'ont détaché : vous-mêmes l'avez pu voir emporté en pleine mer. Et ce qu'il y a dedans perdu pour nous, combien pensez-vous qu'il vaille ? Combien d'habits et d'équipages ? combien de beaux harnais pour nos chiens ! et de l'argent plus qu'il n'en faudrait pour acheter tous ces champs ! En récompense de quoi nous voulons emmener ce méchant chevrier-ci, lequel entend si mal le métier dont il se mêle, que de hanter avec ses chèvres au long des plages de la mer comme s'il était marinier. »

Voilà ce que dirent les Méthymnniens. Daphnis était tout moulu des coups qu'il avait reçus ; mais voyant Chloé présente, il ne s'étonna de rien, et leur répondit franchement : « Je garde bien mes chèvres, et n'y a personne en tout le village qui se soit jamais plaint que pas une d'elles ait rien brouté en son jardin, ni rompu ou gâté un bourgeon dans sa vigne. Mais ceux-ci eux-mêmes sont mauvais chasseurs, et ont des chiens mal-appris, qui ne font que courir çà et là, et aboyer tant si fort qu'ils ont effarouché mes chèvres, et les ont chassées de la plaine et de la montagne vers la mer, comme eussent pu faire des loups. Or à présent elles ont mangé quelque osier : pouvaient-elles emmi ces sables brouter le thym ou le serpolet ? Leur bateau est péri en mer ; qu'ils s'en prennent à la tourmente ; mes chèvres n'en sont pas cause. Voir mais il y avait dedans tant de biens, des habits, de l'argent ! Et qui serait si sot de croire qu'un bateau portant tout cela n'eût pour l'attacher qu'une hart d'osier ?

En disant ces paroles, il se prit à pleurer, et fit grande pitié à tous les assistants ; tellement que Phi-létas, qui devait donner sa sentence, jura le dieu Pan et les Nymphes que Daphnis n'avait point de tort, ni ses chèvres non plus, et que la faute, si faute il y avait, était aux vents et à la mer, desquels il n'était pas juge pour la leur faire réparer. Ce néanmoins le bon Philétas ne sut si bien dire que les Métymniens s'en contentassent ; mais derechef en grande fureur prirent Daphnis, et le voulaient lier pour l'emmener, n'eut été que les paysans, de ce mutinés, se ruèrent en criant sur eux, comme une volée d'étourneaux, et leur ôtèrent des mains Daphnis, qui se défendait bien aussi, et à son tour les chargeait. Si qu'à grands coups de pierres et de bâtons chassèrent les Métymniens, et ne cessèrent de les poursuivre, qu'ils ne les eussent menés battant hors de leur territoire. Daphnis et Chloé restés seuls, elle eut tout loisir de le conduire en la caverne des Nymphes, où elle lui lava le visage tout souillé du sang qui lui était coulé du nez ; puis tirant de sa panetière un peu de fromage et du tourteau, elle lui en fit manger, et, qui plus le conforta, lui donna de sa tendre bouche un baiser plus doux que miel.

Ainsi échappa Daphnis de ce danger : mais la chose n'en demeura pas là. Car ces jeunes gens de Méthymne, retournés chez eux à pied, au lieu qu'ils étaient venus en un beau bateau ; blessés et malmenés, au lieu qu'ils étaient partis gais et bien délibérés, firent assembler le conseil de la ville, auquel ils requirent, en habits et contenance de suppliants, être vengés de l'outrage qu'ils avaient souffert, ne disant de vrai pas un mot, de peur que, s'ils eussent conté le fait comme il était allé, on ne se fût moqué d'eux de s'être ainsi laissé battre par des paysans, mais accusant hautement les Mityléniens de les avoir pillés, et pris leur bateau sans autre forme de procès, comme en guerre ouverte.

Ceux de Méthymne ajoutèrent aisément foi à leur dire, pour autant mêmement qu'ils les voyaient blessés ;

et quant et quant estimant chose juste et raisonnable de venger un tel outrage fait aux enfants des plus nobles maisons de leur ville, décernèrent sur-le-champ la guerre contre les Mityléniens, sans leur envoyer ni héraut ni déclaration, et commandèrent à leur capitaine qu'il mît promptement en mer dix galères pour aller faire du pis qu'il pourrait en toute leur côte. Ils pensèrent que ce ne serait pas sûrement ni sagement fait de hasarder plus grosse flotte à l'approche de l'hiver.

Le capitaine, dès le lendemain, eut dressé son équipage, et, usant pour moins d'embarras de ses soldats mêmes au lieu de rameurs, alla fourrager toutes les terres des Mityléniens qui étaient voisines de la mer, là où il prit force bétail, force grain, vin en quantité, pource qu'il n'y avait guère que vendanges étaient faites, et grand nombre de prisonniers, gens qui travaillaient à ces champs ; et aussi s'en vint débarquer où gardaient leurs bêtes Daphnis et Chloé, courut le pays, ravit et pilla tout ce qu'il y trouva. Daphnis, pour lors, n'était pas avec son troupeau ; il était dans le bois à cueillir de la ramée verte pour donner l'hiver aux chevreaux, et, voyant du bout des arbres les ennemis dans la plaine, se cacha au creux d'un vieux chêne. Chloé, qui était demourée avec les troupeaux, se cuida sauver de vitesse, et se jeta comme en un asile dans l'antre des Nymphes, poursuivie jusqu'au lieu même, et là priait au nom des Nymphes ces soldats de ne vouloir faire déplaisir ni à elle ni à ses bêtes ; mais en vain. Car les gens de Méthymne, après avoir fait plusieurs vilenies et moqueries, aux images de Nymphes, l'emmenèrent elle et ses bêtes, en la chassant devant eux à coups de houssine comme une chèvre ou une brebis ; et voyant qu'ils avaient déjà plein leurs vaisseaux de toute sorte de butin, ne voulurent plus tirer outre, mais reprirent la route de leurs maisons, craignant l'hiver et les ennemis.

Ainsi s'en allaient les Méthymniens à force de rames, faisant peu de chemin ; car le temps fut si calme, qu'il ne tirait ni vent ni haleine quelconque ; et Daphnis, sorti de son creux, après que tout ce bruit fut passé, s'en vint dans la plaine où leurs bêtes avaient coutume de pâturer ; et n'y voyant plus ni ses chèvres, ni les brebis, ni Chloé, mais seulement les champs tout seuls, et la flûte de laquelle Chloé se soûlait ébattre jetée là, se prit à crier et pleurer ; et, en soupirant amèrement, s'en courait tantôt sous le fouteau à l'ombre duquel ils avaient accoutumé de se seoir, tantôt au rivage de la mer, pour voir s'il la trouverait point, et tantôt dans l'antre des Nymphes, où il l'avait vue fuir ; et là, se jetant par terre devant leurs images, se complaignit à elles, disant qu'elles lui avaient bien failli au besoin. « Chloé, disait-il, vient d'être arrachée de vos autels, et vous avez bien eu le cœur de le voir et l'endurer ! elle qui vous a fait tant de beaux chapelets de fleurs ! elle qui vous offrait toujours du premier lait ! elle qui vous a donné ce flageolet même que je vois ici pendu ! Jamais loup ne me ravit une seule de mes chèvres, et les ennemis m'ont maintenant ravi le troupeau tout entier, et ma compagne bergère aussi. Mes chèvres, ils les tueront et écorcheront incontinent ; les brebis, ils en feront des sacrifices aux dieux ; et Chloé demeurera en quelque ville loin de moi. Comment oserais-je à cette heure m'en aller devers mon père et ma mère, sans mes chèvres, sans Chloé, pour être désormais misérable manœuvre ? car il n'y a plus chez nous de bêtes que je pusse garder. Mais non, je ne bougerai d'ici, attendant la mort ou d'autres ennemis qui m'emmènent aussi. Hélas ! Chloé, es-tu en même peine que moi ! te souvient-il de ces champs ? as-tu point de regret aux Nymphes et à moi ? ou si te reconfortent nos brebis et nos chèvres prisonnières avec toi ? »

Comme il achevait ces paroles, le cœur gros de chagrin, de pleurs, le voilà pris d'un profond somme, et lui apparaissent les trois Nymphes, en guise de belles et grandes, demi-nues, les pieds sans chaussures, les cheveux épars, en tout semblables aux images. Si lui fut avis, dès l'abord, qu'elles avaient pitié de lui ; puis d'elles trois la plus âgée lui dit en le reconfortant : « Ne te plains point de nous, Daphnis ; nous avons plus de souci de Chloé que tu n'as toi-même. Nous en prîmes pitié dès lors qu'elle venait de naître, et, abandonnée en cet antre, l'avons fait élever et nourrir. Car, afin que tu le saches, rien n'a de commun Chloé avec Dryas et ses brebis, ni toi non plus avec Lamon. Et quant à ce qui est d'elle, nous y avons déjà pourvu. Elle n'ira point prisonnière avec ses soldats à Méthymne, ni ne sera partie de leur butin. Pan, qui est là sous ce pin, et que vous n'honorez jamais seulement de quelques fleurettes, c'est lui que nous avons prié de vouloir secourir Chloé, parce qu'il fréquente volontiers entre gens de guerre, et lui-même a conduit des guerres, quittant le repos des champs. Il marche dès cette heure, dangereux ennemis, contre ceux de Méthymne. Pourtant ne t'afflige point, mais te lève et t'en va consoler Lamon et Myrtale, qui sont jetés à terre comme toi, croyant que tu aies été pris et emmené sur les vaisseaux. Demain reviendra ta Chloé avec vos brebis et vos chèvres ; et si les garderez encore et jouerez de la flûte ensemble. Au demeurant, Amour aura soin de vous. »

Daphnis, ayant ouï et vu telles choses, s'éveilla soudain en sursaut ; et, pleurant autant de joie que de tristesse, adora les Nymphes, prosterné devant leurs images, et leur promit, si Chloé retournait à sauveté, de leur sacrifier la plus grasse de ses chèvres ; et courant au pin sous lequel était le dieu Pan, représenté avec les pieds d'un bouc, deux cornes en la tête, qui d'une main tenait sa flûte, et de l'autre arrêtait un boucquin, l'adora aussi, et le pria qu'il lui plût faire promptement revenir Chloé, lui promettant semblablement de lui sacrifier un bouc ; et jusqu'au soir environ le soleil couchant, à peine cessa-t-il ses larmes et ses vœux pour le retour de Chloé. Enfin, ramassant sa feuillée, il s'en retourna au logis, où il ôta de grand émoi Lamon et Myrtale, et les remplit de liesse, puis mangea un petit, et s'en alla dormir ; mais ce ne fut pas sans pleurer ni sans faire prière aux Nymphes qu'elles lui apparussent encore, et que le jours revînt bientôt, et avec le jour, selon leur promesse, Chloé. Jamais nuit ne lui fut si longue. Or, voici comme il s'en alla.

Le capitaine de Méthymne, ayant navigué à la rame environ cinq quarts de lieue, voulut un petit rafraîchir ses gens, las d'avoir cours le pays ; et trouvant un promontoire assez avancé en mer, dont l'extrémité présentait deux pointes en manière de croissant, abri aussi sûr qu'aucun port, il y jeta l'ancre sous une roche haute et droite, sans autrement aborder, afin que de la côte, à toute aventure, on ne lui pût faire nul déplaisir ; et ainsi permit à ses gens de se traiter et réjouir en pleine assurance. Eux, ayant à bord foison de tous vivres, qu'ils avaient pillés, se mirent à manger, boire et faire fête, comme on fait pour une victoire. Mais dès que le jour fut failli, et que la nuit eut mis fin à leur bonne chère, il leur fut avis soudainement que la terre était toute en feu ; et vers la haute mer entendirent un bruissement dans le lointain, comme des rames d'une grosse flotte qui fût venue contre eux. L'un criait aux armes, l'autre appelait ses compagnons ; l'un pensait être déjà blessé, l'autre croyait voir un homme mort gisant devant lui. Bref, il y avait tout tel tumulte comme en un combat de nuit, et si, n'y avait point d'ennemis.

Après une nuit si terrible, le jour vint, qui les effraya encore davantage ; car ils virent les boucs de Daphnis et ses chèvres, les cornes tout entortillées de rameaux de lierre avec leurs grappes ; ils entendirent les brebis et béliers de Chloé qui hurlaient comme loups ; elle-même on la vit couronnée de branchages de pin. Et en la mer se faisaient aussi choses étranges à conter. Car quand ils pensaient lever les ancres, elles tenaient au fond ; quand ils cuidaient abattre leurs rames pour voguer, elles se rompaient. Les dauphins, sautant autour des vaisseaux, et les battant de leur queue, en décousaient les jointures. Et entendait-on du haut de la roche le son d'une flûte à sept cannes, telle qu'en ont les bergers ; mais ce son n'était point plaisant à ouïr, comme serait le son d'une flûte ordinaire, ains épouvantait ceux qui l'entendaient, comme l'éclat imprévu d'une trompette de guerre : de quoi ils étaient tous en merveilleux effroi, et couraient aux armes, disant que c'étaient les ennemis qui les venaient attaquer, et ne savait on par où ; et lors disaient que la nuit revînt comme s'ils eussent dû avoir trêve quand elle serait venue.

Or, n'était celui parmi eux conservant tant soit peu de sens, qui ne connût clairement que tous ces prodiges venaient du dieu Pan, irrité contre eux pour quelque méfait ; mais ils n'en pouvaient deviner la cause, n'ayant touché chose qu'ils sussent appartenir à Pan ; jusqu'à ce qu'environ midi le capitaine, non sans expresse ordonnance divine, s'endormit, et lui apparut Pan lui-même, disant telles paroles :

« O méchants sacrilèges ! comme avez-vous été si forcenés que d'oser emplir d'alarme les champs que j'aime uniquement, ravir les troupeaux qui sont en ma protection, et arracher par force d'un lieu saint une jeune fille de laquelle Amour veut faire une histoire singulière, et n'avez point eu de crainte ni de révérence aux Nymphes qui le vous ont vu faire, ni à moi aussi qui suis le dieu Pan? Jamais vous ne verrez Méthymne si vous ne prétendez porter un tel butin, ni jamais n'échapperez le son de cette mienne flûte, qui vous a naguère effrayés. Je vous ferai tous abîmer au fond de la mer et manger aux poissons, si tu ne rends, et bientôt, Chloé aux Nymphes, à qui vous l'avez enlevée, et quand et quand elle ses brebis et tout le troupeau de chèvres. Pourtant, lève-toi sans délai, et la remets à terre avec ceux que je t'ai dit, et je vous conduirai tous deux en vos maisons, elle par terre, et toi par mer. »

A ces paroles, tout troublé, le capitaine Bryaxis (car ainsi avait-il nom) s'éveilla en sursaut, et, de chaque galère aussitôt faisant appeler les chefs, commanda qu'on cherchât, entre les prisonniers, Chloé jeune bergère, et fut fait ; et n'eurent pas de peine à la trouver, car elle était assise la tête couronnée de pin. Si la mènent au capitaine ; et lui connaissant bien à cela que c'était pour elle qu'il avait eu cette apparition en dormant, la conduisit lui-même à terre dans la galère capitainesse, dont elle ne fut pas plutôt hors, que du haut de la roche aussitôt on entend un nouveau son de flûte, non plus épouvantable en matière de l'alarme, mais tel que berger ont coutume de sonner quand c'est pour mener leurs bêtes aux champs ; et brebis aussitôt de sortir du navire par l'escale, sans broncher, et les chèvres encore mieux, comme celles qui savaient jà gravir et descendre tous lieux escarpés. Puis chèvres et brebis à terre entourèrent Chloé, bondissant, sautelant et bêlant, et semblaient s'éjouir avec elle de leur commune délivrance.

Mais les troupeaux des autres bergers et chevriers demeurèrent où on les avait mis, et ne bougèrent de dessous le tillac des galères, comme n'étant point pour eux le son de la flûte ; de quoi tout le monde s'émerveilla grandement, et en loua la puissance et bonté de Pan. Et encore vit-on de plus étranges merveilles en l'un et en l'autre élément. Car les galères des Méthymniens démarèrent d'elles-mêmes avant qu'on eût levé les ancres, et y avait un dauphin qui les conduisait sautant hors de l'eau devant la capitainesse ; et sur terre un fort doux et plaisant son de flûte conduisait les deux troupeaux, sans que l'on pût voir qui en jouait ; si que les brebis et les chèvres marchaient et paissaient en même temps, avec très grand plaisir d'ouïr telle mélodie.

C'était environ l'heure qu'on ramène les bêtes aux champs après midi. Daphnis, apercevant de tout loin, d'une vedette élevée, Chloé avec les deux troupeaux : « O Nymphes ! ô Pan ! s'écria-t-il ; et descendu dans la plaine, court à elle, se jette dans ses bras, épris de si grande joie qu'il en tomba tout pâmé. A peine purent le ranimer les baisers mêmes de Chloé, qui le pressait contre son sein. Ayant enfin repris ses esprits, il s'en fut avec elle sous le hêtre, là où s'étant tous deux assis, il ne faillit à lui demander comme elle avait pu échapper des mains de tant d'ennemis : et Chloé lui conta tout, son enlèvement dans la grotte, son départ sur le vaisseau, et le lierre venu aux cornes de ses chèvres, et la couronne de feuillage de pin sur sa tête ; ses brebis qui avaient hurlé, le feu sur la terre, le bruit en la mer, les deux sortes de son de flû'e, l'un de paix, l'autre de guerre, la nuit pleine d'horreur, et comme une certaine mélodie musicale l'avait conduite tout le chemin sans qu'elle en vît rien.

Adonc, reconnaissant Daphnis le secours manifeste

de Pan, et l'effet de ce que les Nymphes lui avaient promis, conta de sa part à Chloé tout ce qu'il avait ouï, tout ce qu'il avait vu, et comme, se mourant d'amour et de regret, il avait été par les Nymphes rendu à la vie. Puis il l'envoya quérir Dryas et Lamon, et quand et quand tout ce qui fait besoin pour un sacrifice; et lui-même, cependant, prit la plus grasse chèvre qui fut en son troupeau, de laquelle il entortilla les cornes avec du lierre, en la même sorte et manière que les ennemis les avaient vues; et, après lui avoir versé du lait entre les cornes, la sacrifia aux Nymphes, la pendit et l'écorcha, et leur en consacra la peau attachée au roc. Puis quand Chloé fut revenue, amenant Dryas et Lamon et leurs femmes, il fit rôtir une partie de la chair et bouillir le reste; mais avant tout il mit à part les prémices pour les Nymphes, leur épandit de la cruche pleine une libation de vin doux; et ayant accommodé de petits lits de feuillage et verte ramée pour tous les convives, se mit avec eux à faire bonne chère; et néanmoins avait toujours l'œil sur les troupeaux, crainte que le loup, survenant d'emblée, ne fît son coup pendant ce temps-là. Puis tous ayant bien repu, se mirent à chanter des hymnes aux Nymphes, que d'anciens pasteurs avaient composées. La nuit venue, ils se couchèrent en la place même emmi les champs, et le lendemain eurent aussi souvenance de Pan. Si prirent le bouc chef du troupeau, et, couronné de branchages de pin, le menèrent au pin sous lequel était l'image du dieu; et louant et remerciant la bonté de Pan, le lui sacrifièrent, le pendirent, l'écorchèrent, puis firent bouillir une partie de la chair et rôtir l'autre, et le tout étendirent emmi le beau prés sur verte feuillade. La peau avec les cornes fut au tronc de l'arbre attachée tout contre l'image de Pan, offrande pastorale à un dieu pastoral; et ne s'oublièrent non plus de lui mettre à part les prémices, et si firent en son honneur les libations accoutumées. Chloé chanta, Daphnis joua de la flûte, et chacun prit place à table.

Ainsi qu'ils faisaient chère lie, survint de cas d'aventure le bonhomme Philétas, apportant à Pan quelques chapelets de fleurs, et des moissines avec les grappes et la pampe encore au sarment; et quant et lui amenant son plus jeune fils Tityre, jeune petit gars ayant cheveux blonds et couleur vermeille, air vif et malin, et qui en courant sautait ne plus ne moins qu'un chevreau. Dès qu'ils aperçurent Philétas, ils se levèrent tous, allèrent avec lui couronner l'image de Pan, et suspendirent les moissines du bon Philétas aux branches du pin, puis, lui faisant place parmi eux, le convièrent à leur repas. Or, quand ces vieillards eurent un peu bu, adonc commencèrent-ils à conter de leurs jeunes ans, comme ils gardaient leurs bêtes aux champs, comme ils étaient échappés de plusieurs dangers et surprises d'écumeurs de mer et de larrons. L'un se vantait qu'il avait une fois tué un loup; l'autre, qu'après Pan il n'y avait homme qui sût si bien jouer de la flûte que lui. C'était Philétas qui se donnait cette louange. Daphnis et Chloé le prièrent qu'il leur voulût de grâce montrer un petit de sa science, et qu'en ce sacrifice fait à Pan il honorât avec sa flûte le dieu amateur de tels sons. Philétas y consentit, encore que pour sa vieillesse il se plaignît de n'avoir plus guère d'haleine; et prit la flûte de Daphnis. Mais elle se trouva trop petite pour y pouvoir montrer beaucoup de savoir et d'artifice, comme celle de quoi jouait un jeune garçon seulement; par quoi il envoya Tityre en son logis, distant d'environ demi-lieue, pour lui apporter la sienne. L'enfant jette là son hoqueton, et s'en court comme un faon de biche; et cependant Lamon se mit à leur conter la fable de Syringe, pour laquelle apprendre il avait donné à un chevrier de Sicile, qui en savait la chanson, un bouc et une flûte.

« Cette Syringe, leur dit-il, aujourd'hui flûte pastorale, jadis était une belle fille ayant voix mélodieuse et grande science de musique. Elle gardait les chèvres, chantait, et se jouait avec les Nymphes. Pan, qui la voyait aux champs garder ses bêtes, jouer, chanter, un jour vient à elle et la prie de ce qu'il voulait, lui promettant faire que ces chèvres porteraient toutes deux chevreaux à chaque portée. Elle se moqua de son amour, et dit que jamais elle n'aurait ami, non-seulement tel comme lui qui semblait proprement un bouc, mais ni autre quel qu'il fût. Pan la voulut prendre à force; elle s'enfuit il la poursuivit; tant que pieds la purent porter, elle courut; mais, lasse à la fin de courir, elle se jette en un marais, et là se perd dans les roseaux. Pan coupe les cannes en courroux, et n'y trouvant point la pucelle, connut son inconvénient; et lors unissant avec de la cire les roseaux taillés inégaux, en signe d'amour non égal, il en fit cet instrument. Ainsi elle, qui auparavant était belle jeune fille, depuis a été un plaisant instrument de musique. »

Lamon à peine achevait son conte, et bon Philétas de le louer; disant n'avoir ouï en sa vie chanson si jolie que cette fable, quand Tityre arriva portant la flûte de son père, grande à merveille, composée des plus grosses cannes que l'on trouve, accoutrée de laiton par-dessus la cire; on eût dit que c'était celle-là même que Pan fit la première. Philétas adonc se leva, et s'assit sur son lit de feuillage, premièrement il essaya tous les chalumeaux voir si rien empêchait le vent; et voyant que chaque tuyau rendait le son convenable, souffla dedans à bon escient. Si semblait proprement un air de plusieurs flageolets jouant ensemble, tant menaient de bruit ces pipeaux : puis, petit à

petit diminuant la force du vent ramena son jeu en un
son tout à fait doux et plaisant ; et leur montrant tout
l'artifice de la musique pastorale pour bien mener et
faire paître les bêtes aux champs, leur fit voir comment
il fallait souffler pour un troupeau de bœufs, quel son
est mieux séant à un chévrier, quel jeu aiment les brebis et moutons ; celui des brebis était gracieux, fort et
grave ; celui des bœufs, celui des chèvres, clair et aigu ;
et une seule flûte imitait toutes ces diverses flûtes du
berger, du bouvier et du chevrier.

La compagnie à table écoutait sans mot dire, couchée
sur le feuillage, prenant très grand plaisir d'ouïr si
bien jouer Philétas, jusqu'à ce que Dryas se levant, le
pria de jouer quelque gaie chanson en l'honneur de
Bacchus ; et lui cependant leur dansa une danse de
vendange, faisant les gestes comme s'il eût tantôt
cueilli la grappe au cep, tantôt porté le raisin dans la
hotte, puis les mines d'un qui foule la vendange, qui
verse le vin dans les jarres, et d'un qui hume à bon
escient la liqueur nouvelle. Toutes lesquelles choses
il fit si proprement et de si bonne grâce, approchant
du naturel, qu'ils pensaient voir devant leurs yeux la
vigne, le pressoir et les jarres, et Dryas buvant le vin
doux.

Ayant ainsi le troisième vieillard bien et gentiment
fait son devoir de danser, à la fin alla baiser Daphnis
et Chloé, lesquels incontinent se levèrent, et dansèrent
le conte de Damon. Daphnis contrefaisait le dieu Pan,
Chloé la belle Syringue ; il lui faisait sa requête, et
elle s'en riait ; elle s'enfuyait, lui la poursuivait, courant sur le bout des orteils pour contrefaire les pieds
de bouc ; elle feignait d'être lasse et de ne pouvoir
plus courir, et au lieu de roseaux s'allait cacher dans
le bois.

Et Daphnis alors prenant la grande flûte de Philétas,

en tira d'abord un son douloureux, comme Pan qui se fût plaint de la jouvencelle ; puis un son passionné, comme la priant d'amour ; puis un son de rappel, comme cherchant partout ce qu'elle était devenue. Si que le bonhomme lui-même, Philétas tout émerveillé, accourut le baiser, et après l'avoir baisé, lui fit présent de sa flûte, en priant aux dieux que Daphnis la laissât un jour à pareil successeur que lui, Daphnis donna la sienne petite à Pan, et ayant baisé Chloé comme revenue et retrouvée d'une véritable fuite, ramena jouant de la flûte ses bêtes aux étables, pour ce qu'il était déjà tard ; et aussi fit Chloé les siennes au son des mêmes chalumeaux. Les chèvres marchaient côte à côte des brebis, et Chloé tout joignant Daphnis ; de sorte qu'à chaque pas ils se baisaient l'un l'autre, et durèrent ainsi jusques à nuit close, et en se quittant complotèrent ensemble de ramener paître leurs troupeaux le lendemain au plus matin, comme ils firent. Car incontinent que le jour commença à poindre, ils revinrent au pâturage ; et ayant premièrement salué les Nymphes, puis après Pan, s'allèrent asseoir dessous le chêne, où ils jouèrent de la flûte ensemble, s'entre-baisèrent, s'embrassèrent, se couchèrent l'un près de l'autre, et, sans y rien faire d'avantage, se relevèrent. Ensuite ils songèrent à manger ; et ils buvaient en même sébile du vin mêlé avec du lait.

Or, échauffés et rendus plus hardis par toutes ces choses, ils contestaient entre eux d'amour, et en vinrent jusqu'à se vouloir assurer par serment l'un de l'autre. Daphnis allant dessous le pin, jura par le dieu Pan qu'il ne vivrait jamais un seul jour sans Chloé ; et Chloé, dans l'antre des Nymphes, jura devant leurs images de vivre et mourir avec Daphnis ! Mais elle, comme une jeune et innocente fillette, fut si simple de vouloir que Daphnis au sortir de l'antre lui jurât un autre serment. Si lui dit : « Ce dieu Pan, Daphnis, est un dieu volage auquel il n'y a point de fiancé ; il a aimé Pitys, il a aimé Syringe ; il ne cesse de pourchasser les nymphes Epimélides, et on le voit toujours après les Dryades. Si tu me fausses la foi que tu m'as jurée, il ne s'en fera que rire, voir quand tu aurais plus de maîtresses qu'il n'a de chalumeaux en sa flûte. Et comment te punirait-il, lui qui chaque jour fait amour nouvelle ? Jure-moi par ton troupeau, et par la chèvre qui te nourrit et allaita, que jamais tu ne laisseras Chloé tant qu'elle te sera fidèle ; et là où elle te fera faute et aux Nymphes qu'elle a jurées, fuis-la, et la hais ou la tue comme tu ferais un loup. »

Daphnis prit plaisir à ce doute, et, debout au milieu de son troupeau, tenant d'une main un bouc et de l'autre une chèvre, jura qu'il aimerait Chloé tant qu'il en serait aimé, et que si elle en aimait un autre, il se tuerait au lieu d'elle ; dont elle fut bien aise, et s'en assura plus que du premier serment, croyant les brebis et les chèvres être dieux propres aux bergers et aux chevriers.

LIVRE TROISIÈME

Mais les Mityléniens apprenant comme ceux de Méthymne, avaient envoyé dix galères à leur dommage, et mêmement étant informés, par gens qui venaient de la campagne, comme on avait couru leurs terres et pillé leurs biens, estimèrent que ce serait lâcheté d'endurer un tel outrage des Métymniens, et délibérèrent promptement prendre les armes contre eux. Si levèrent incontinent trois mille hommes de pied et cinq cents chevaux, et envoyèrent par terre leur capitaine général Hippasse, craignant de les mettre sur mer en temps approchant de l'hiver.

Le capitaine, parti aussitôt avec ses gens, ne fourragea point les terres des Méthymniens, ni n'emmena le bétail des laboureurs et paysans, parce qu'il estima cela être le fait d'un larron et non pas d'un capitaine; ainsi tira droit vers la ville, espérant la surprendre les portes ouvertes et sans garde. Mais quand il en fut près environ six lieues, un héraut lui vint au-devant, qui lui demanda trève au nom des Méthymniens. Car ayant entendu depuis, par leurs prisonniers, que ceux de Mithylène ne savaient du tout rien de ce qui s'était passé, mais que s'était une querelle entre paysans et jeunes gens, où ceux-ci avaient eu des coups pour quelque insolence par eux faite, ils regrettaient fort d'avoir si à la légère offensé leurs voisins, et n'avaient d'autre désir que de rendre et restituer ce qui aurait été pris, pour pouvoir trafiquer et hanter comme devant les uns avec les autres, sans crainte ni danger. Hippase envoya le héraut porter ces paroles au sénat des Mityléniens, combien qu'il eût tout pouvoir et autorité absolue, et cependant alla camper à demi-lieue de Métymne, attendant les ordres de sa ville. De là à deux jours ordre lui vint de recevoir les institutions et s'en retourner sans faire nul dommage. Car ayant le choix de la paix ou de la guerre, ils avaient pensé que la paix valait mieux. Ainsi se termina la guerre entre Métymne et Mitylène, finie, comme elle fut commencée, par soudaine résolution.

Et là-dessus survint l'hiver, plus fâcheux que la guerre à Daphnis et à sa Chloé. Car incontinent la neige, tombant en grande abondance, couvrit les chemins et enferma les laboureurs en leurs maisons; les torrents impétueux tombaient aval du haut des montagnes, l'eau se gelait, les arbres semblaient morts; on ne

voyait plus la terre, sinon alentour des fontaines et de
quelques ruisseaux. Ainsi ne se pouvaient plus mener
les bêtes aux champs, ni n'osaient les gens mettre seulement le nez hors la porte ; mais demeurant tous au
logis, faisaient un grand feu alentour duquel, dès que
les coqs avaient chanté le matin, chacun venait faire sa
besogne. Les uns retordaient du fil, les autres tissaient
du poil de chèvre : on faisait des collets à prendre les
oiseaux. Le soin qu'il fallait lors avoir des bœufs était
de leur donner de la paille à manger en la bouverie,
aux chèvres et brebis de la feuillée en la bergerie, aux
pourceaux de la faîne et du gland en la porcherie.

Étant ainsi chacun contraint de garder la maison
pour la rudesse du temps, les autres, tant laboureurs
que pasteurs, en étaient aises, parce qu'ils avaient un
peu de relâche en leurs travaux, faisaient bon repos et
long somme ; tellement que l'hiver leur semblait plus
doux que non pas l'été, ni l'automne ni le printemps
avec. Mais Daphnis et Chloé, se souvenant des plaisirs
passés, comme ils s'entre-baisaient, comme ils s'entr'embrassaient, et de leurs joyeux passe-temps emmi
ces champs et ces prairies, toute nuit soupiraient en
grande peine sans pouvoir dormir, attendant la saison
nouvelle ne plus ne moins qu'une seconde vie après la
mort. Chaque fois qu'ils trouvaient sous leur main la
panetière dont ils soûlaient tirer leur manger, cela leur
mettait deuil au cœur : apercevant la sébile où ils
étaient coutumiers de boire l'un après l'autre, ou bien
la flûte, qui était un don d'amourette, jetée à terre
quelque part sans que l'on en tînt compte, cela renou-
velait leur regret. Si priaient aux Nymphes et à Pan
qu'ils les délivrassent de ces maux et leurs remon-
trassent enfin à eux et à leurs bêtes le soleil beau et
clair ; et quand et quand faisant ces prières aux dieux ;
cherchaient quelque invention par laquelle ils se

pussent entrevoir. Chloé de soi n'y eût su que faire et aussi n'avait guère moyen : car celle qu'on estimait sa mère était tout le jour auprès d'elle, lui montrant à carder la laine et à tourner le fuseau, et lui parlant de la marier ; mais Daphnis, comme celui qui avait plus de loisir et plus de sens que la fillette, trouva pour la voir une telle finesse.

Devant le logis de Dryas, tout contre le mur de la cour, étaient deux grands myrtes et un lierre ; les myrtes, bien près l'un de l'autre et quasi joints par le pied, tellement que le lierre les embrassant tous deux et s'étendant en guise de vigne sur l'un et sur l'autre, y faisait une manière de loge fort couverte, tant les feuilles étaient épaisses et tissues, s'il faut ainsi dire, les unes avec les autres ; par dedans pendaient forces grappes noires, comme raisin à la treille ; à l'occasion de quoi y avait toujours, même l'hiver, grande multitude d'oiseaux qui lors ne trouvaient rien ailleurs, force merles, force grives, force ramiers, force bisets, et de tous autres oiseaux aimant à manger grains de lierre. Daphnis sortit de la maison sous couleur d'aller tendre à ces oiseaux, ayant plein son bissac de fouaces et de gâteaux au miel, et portant aussi, afin qu'on le crût mieux, de la glu et des collets. La distance de l'une des maisons à l'autre était d'environ demi-lieue ; et la neige, non encore durcie par le froid, lui eût fait avoir bien de la peine, n'eût été qu'Amour passe partout et franchit le feu, l'eau, la neige, voire même celle de la Scythie. Daphnis fit le chemin tout d'une course, et, arrivé devant la demeure de Dryas, secoua la neige qu'il avait aux pieds tendit ses collets, englua de longues verges, puis se mit en aguet là auprès, épiant quand viendraient les oiseaux, et, à l'aventure, Chloé.

Or, quant aux oiseaux, il en vint grande compagnie et en prit tant qu'il avait assez affaire à les ramasser.

à les tuer, et à les plumer. Mais de la maison ne sortait personne, homme ni femme, ni coq ni poule; ainsi se tenaient tous en dedans clos et cois au long du feu; dont le pauvre Daphnis était en grand émoi d'être venu si mal à point et à heure si malheureuse. Si osa bien penser de trouver un prétexte pour tout droit entrer déans, discourant en lui-même quelle couleur serait la plus croyable. « Je viens quérir du feu. Comment? n'avez-vous point de plus proches voisins? Je demande du pain. Ton bissac est plein de vivres. Du vin. Il n'y a que trois jours que vous avez fait vendanges. Le loup m'a poursuivi. Et où en est la trace? Je suis venu chasser aux oiseaux. Que ne t'en vas-tu donc, après que tu en as assez pris? Je veux voir Chloé. » Telle chose ne se pouvait bonnement confesser à un père et à une mère. Ainsi, n'y avait-il pas une de toutes ces occasions-là qui ne portât quelque soupçon. « Mieux vaut, disait-il, que je m'en aille. Je la reverrai au printemps, non cet hiver, puisque les dieux, comme je crois, ne veulent pas. » Ayant fait en lui-même ces devis, et serrant jà ce qu'il avait pris de grives et autres oiseaux, il s'en allait partir. Mais comme si expressément Amour eût pitié de lui, voici ce qu'il advint.

Dryas et sa famille à table, le pain et la viande toute prête, chacun entendait à boire et à manger ; et cependant un des chiens de la bergerie, voyant qu'on ne se donnait point de garde de lui, happe un lopin de chair, et s'enfuit hors de la maison; de quoi Dryas courroucé, pour autant mêmement que c'était sa part, prend un bâton et court après. En le poursuivant, il vint à passer au long de ce lierre où Daphnis avait tendu ses gluaux, et le vit comme il chargeait déjà sa prise sur ses épaules, prêt à s'en retourner; et sitôt qui l'aperçut, oubliant et chair et chien : Dieu te garde, mon fils, s'écria-t-il ; puis le vient accoler et baiser, le prend par la main et le mène en sa maison.

Quand ils se virent l'un l'autre, à peine qu'ils ne tombèrent tous deux, de grande aise qu'ils eurent. Ils se forcèrent toutefois de se tenir sur leurs pieds, s'entr'appelèrent, se donnèrent le bonjour, et se baisèrent, ce qui leur fut comme un étai et appui qui leur vint à point pour les engarder de tomber.

Ayant ainsi Daphnis contre son espérance vu, et davantage ayant baisé sa Chloé, s'assit auprès du feu, et déchargea sur la table ses grives et ses ramiers, contant à la compagnie comment, ennuyé de tant demeurer à la maison, il s'en était venu chasser aux oiseaux, et comment il en avait pris aucuns avec des collets, d'autres avec des gl ux, ainsi qu'ils venaient aux grains de lierre et de my e. Ceux de la maison le louèrent grandement de son bon esprit, et le prièrent de manger à bonne chère de ce que le mâtin leur avait laissé, commandant à Chloé qu'elle leur versât à boire, ce qu'elle fit bien volontiers, à tous les autres premièrement, et puis à Daphnis le dernier ; car elle faisait semblant d'être fâchée contre lui, de ce qu'étant venu si près, il s'en était voulu aller sans la voir ni parler à elle ; et néanmoins avant que lui présenter à boire, elle but un trait en la tasse, puis lui bailla le demeurant ; et lui, encore qu'il eût grand'soif, but lentement et à longue haleine, pour en avoir tant plus de plaisir.

Si fut tantôt la table vide de pain et chair, et, lors assis, il lui demandèrent nouvelles de Myrtale et Lamon, disant qu'ils étaient bien heureux d'avoir un tel bâton de vieillesse ; desquelles louanges Daphnis n'était pas marri, mêmement qu'on les lui donnait en présence de sa Chloé. Mais quand ils lui dirent qu'ils le retenaient ce jour et celui d'après, à cause qu'ils devaient le lendemain faire un sacrifice à Bacchus, peu s'en fallut qu'il ne les adorât au lieu de Bacchus. Si tira de son bissac force gâteaux, et des oiseaux qu'ils habillèrent pour le souper. Ainsi fut derechef le feu allumé, le vin tiré, la table dressée ; et sitôt qu'il fut nuit close se mirent à manger ; après quoi ils passèrent le temps, partie à faire de plaisants contes, et partie à chanter, jusqu'à ce que sommeil leur vînt ; et lors ils s'en allèrent coucher, Chloé avec sa mère, Daphnis avec Dryas. Chloé n'eut autre bien la nuit que de penser à son Daphnis, qu'elle verrait le lendemain tout le jour, et lui se repaissait d'une vaine volupté, tenant à grand heur de coucher seulement avec le père de Chloé ; de sorte que plus d'une fois il l'embrassa et baisa, croyant en rêve embrasser et baiser Chloé.

Le matin, il fit un froid extrême, et tira un vent de bise si âpre, qu'il brûlait et perçait tout. Quand ils furent levés, Dryas sacrifia à Bacchus un chevreau d'un an, alluma un grand feu, et apprêta le dîner. Adono, cependant que Napé entendait à cuire le pain, et Dryas à faire bouillir le chevreau, Chloé et Daphnis étant de loisir, sortirent tous deux de la maison, et s'en allèrent sous le lierre, où ils dressèrent des collets, tendirent des gluaux et prirent encore grand nombre d'oiseaux, et s'entre-baisant parmi continuellement, et tenant tels propos amoureux : « Je suis venu pour toi, Chloé. — Je sais bien, Daphnis. — A cause de toi, belle, je tue ces pauvres oiseaux. — Qu'est-il de nos amours ? m'as-tu point oublié ? — Non, par les Nymphes que je t'ai jurées, dans cette grotte où nous nous reverrons dès que la neige sera fondue. — Ah ! Chloé, qu'elle est haute, cette neige ! ne fondrai-je point moi même avant elle ? — Ne te soucie, Daphnis ; le soleil sera chaud, mais que vienne primevère. — Ah ! le fût-il déjà comme le feu qui brûle mon cœur ! — Badin, tu te moques de moi, et tu me tromperas quelque jour. —

Non ferai, par mes chèvres, que tu m'as fait jurer. »

Ainsi que Chloé répondait en cette sorte à son Daph-nis ne plus ne moins que l'écho, Napé les appela : ils s'y en coururent, portant avec eux leur prise, bien plus grande que celle de la veille ; et, après avoir fait des libations à Bacchus, se mirent à manger, ayant sur leurs têtes des couronnes de lierre ; et à la fin, ayant bien repu et chanté l'hymne à Bacchus, renvoyèrent Daphnis, en lui garnissant très bien son bissac de pain et de chair ; et si lui rendirent ses grives et ramiers, disant que quant à eux ils en prendraient bien toujours quand ils voudraient, tant que durerait l'hiver, et que les grappes ne faudraient au lierre. Ainsi se partit Daphnis, en les baisant tous premier que Chloé, afin que son baiser lui restât pur et net. Depuis, il revint plusieurs fois pour autres subtilités ; de sorte que l'hi-ver ne se passa point tout pour eux sans quelque plaisir amoureux.

Et sur le commencement du printemps, que la neige se fondait, la terre se découvrit et l'herbe dessous poi-gnait, les bergers alors sortirent et menèrent leurs bêtes aux champs, mais devant tous Daphnis et Chloé, comme ceux qui servaient eux-mêmes à un bien plus grand pasteur ; et d'abord s'en coururent droit aux Nymphes dans la caverne, ensuite à Pan sous le pin, puis sous le chêne, où ils s'assirent en regardant paître leurs troupeaux, et s'entre-baisant quant et quant puis allèrent chercher des fleurs pour en faire des couronnes aux dieux. Mais les fleurs à peine commençaient d'é-clore, par la douceur du petit béat de Zéphyre qui les ranimait, et la chaleur du soleil qui les entr'ouvrait. Toutefois encore trouvèrent-ils de la violette, des nar-cisses, du muguet, et autres telles premières fleurs que produit la saison nouvelle, dont ils firent des chapelets, et en couronnèrent les têtes aux images, en leur offrant du lait nouveau de leurs brebis et de leurs chèvres ; puis essayèrent à jouer un peu de leurs chalumeaux, comme s'ils eussent voulu provoquer les rossignols à chanter, lesquels leur répondaient de dedans les buissons, commençant petit à petit à lamenter encore Itys et recorder leur ramage, qu'un long silence leur avait fait oublier.

Et alors aussi les brebis bêlaient, les agneaux sautaient, et se courbaient sous le ventre de leur mère ; les béliers poursuivaient les brebis qui n'avaient point encore agnelé, et les ayant arrêtées, saillaient puis l'une, puis l'autre ; autant en faisaient les boucs après les chèvres, sautant à l'environ, combattant et se cossant fièrement pour l'amour d'elles. Chacun avait les siennes à soi, et gardait qu'autre ne fît tort à ses amours ; toutes choses dont la vue aurait, en des vieillards éteints, rallumé le feu de Vénus, et trop mieux échauffait ces deux jeunes personnes, qui, de longtemps inquiets, pourchassant le dernier but du contentement d'amour, brûlaient et se consumaient de tout ce qu'ils entendaient et voyaient, cherchant quelque chose qu'ils ne pouvaient trouver outre le baiser et l'embrasser. Mêmement Daphnis, qui, devenu grand et en bon point, pour n'avoir bougé tout l'hiver de la maison à ne rien faire, frissait après le baiser, et était gros, comme l'on dit d'embrasser, faisant toutes choses plus curieusement et plus hardiment que paravant, pressant Chloé de lui accorder tout ce qu'il voulait, et de se coucher nue à nu avec lui plus longuement qu'ils n'avaient accoutumé. « Car, il n'y a, disait-il, que ce seul point qui nous manque des enseignements de Philétas, pour la dernière et seule médecine qui apaise l'amour. »

Et Chloé lui demandant ce qu'il y pouvait avoir outre se baiser, s'embrasser et se coucher tout vêtus, et ce qu'il pensait faire plus quand ils seraient couchés nus :

« Cela, lui dit-il, que les béliers font aux brebis et les boucs aux chèvres. Vois-tu comment après cela les brebis ne s'enfuient plus, ni les béliers ne se travaillent plus à courir après, mais paissent tous les deux amiablement ensemble, comme étant l'un et l'autre assouvis et contents ? et doit bien être quelque chose plus douce que ce que nous faisons, et dont la douceur surpasse l'amertume d'amour. — Et mais, fit-elle, vois-tu pas que les béliers et les brebis, les boucs et les chèvres, faisant ce que tu dis, se tiennent debout ? les mâles montent dessus, les femelles soutiennent les mâles sur le dos. Et toi tu veux que je me couche avec toi à terre et toute nue. Sont-elles donc pas plus vêtues de leur laine ou bien de leur poil que moi de ce qui me couvre ? »

Il la crut, et, comme il voulut se coucher près d'elle, où il fut longtemps, ne sachant comment faire pour venir à bout de ce qu'il désirait. Il la fit relever, l'embrassa par derrière en imitant les boucs ; mais il s'en trouvait encore moins satisfait que devant. Si se rassit à terre, se prit à pleurer de ce qu'il savait moins que les béliers accomplir les œuvres d'amour.

Or y avait-il non guère loin de là un qui cultivait son propre héritage, et s'appelait Chromis, homme ayant jà passé le meilleur de son âge, et étant tout à l'heure cassé. Il tenait avec soi certaine petite femme, jeune et belle, et délicate, pour autant mêmement qu'elle était de la ville, et avait non Lycenion ; laquelle voyant passer tous les matins Daphnis qui menait ses bêtes en pâture, et le soir les ramenait au tect, eut envie de s'accointer de lui pour en faire son amoureux, et tant le guetta, qu'une fois le trouva seulet ; elle lui donna une flûte, une gauffe à miel, et une panetière de peau de cerf ; mais elle n'osa lui rien dire, se doutant qu'il aimait Chloé, parce qu'il était toujours avec elle ;

et néanmoins n'on savait autre chose, sinon qu'elle les
avait vue sourire l'un à l'autre et se faire des signes. Si
fit entendre à Chromis, un matin qu'elle s'en allait voir
une sienne voisine en travail d'enfant, suivit les jeunes
gens pas à pas, et se cachant entre des buissons pour
n'être point aperçue, vit de là tout ce qu'ils faisaient,
entendit tout ce qu'ils disaient et très bien sut remar-
quer comment et pour quelle cause pleurait le pauvre
Daphnis. Par quoi ayant pitié de leur peine, et quand
et quand considérant que double occasion de bien faire
se présentait à elle, l'une de les instruire de leur bien,
l'autre d'accomplir son désir, elle usa d'une telle finesse.

Le lendemain, feignant d'aller voir sa voisine qu
travaillait d'enfant, elle vint droit au chêne sous lequel
était Daphnis avec Chloé, et contrefaisant la marrie
troublée : « Hélas ! mon ami, dit-elle, Daphnis, je te
prie, aide-moi. De mes vingt oisons, voilà un aigle qui
m'en emporte le plus beau. Mais parce qu'il est trop
pesant, l'aigle ne l'a pu enlever jusque sur cette roche
là-haut, où est son aire, ains est allé choir avec au
fond du vallon, dedans ce bois ici : et pour ce, je te
prie, mon Daphnis, viens-y avec moi, car toute seule
j'ai peur et m'aide à le secourir. Ne veuille souffrir que
mon compte demeure imparfait. A l'aventure pourras-
tu bien tuer l'aigle même, qui ainsi ne ravira plus vos
agneaux ni vos chevreaux ; et Chloé ce temps pendant,
gardera vos deux troupeaux. Tes chèvres la connais-
sent aussi bien comme toi ; car vous êtes toujours ensemble. »

Daphnis ne se doutant de rien, se leva incontinent,
prit sa houlette en sa main, et s'en fut avec Lycenion,
Elle le mena loin de Chloé, dans le plus épais du bois,
près d'une fontaine où, l'ayant fait seoir : « Tu aimes,
lui dit-elle, Daphnis tu aimes la Chloé. Les Nymphes me

l'ont dit cette nuit. Elles me sont venues, ces Nymphes, conter en dormant les pleurs que tu faisais hier, et si m'ont commandé que je t'ôtasse de cette peine, en t'apprenant l'œuvre d'amour, qui n'est pas seulement baiser et embrasser, ni faire comme béliers et bouquins; c'est bien autre chose, et bien plus plaisante que tout cela. Par quoi, si tu veux être quitte du déplaisir que tu en as et trouver l'aise que tu y cherches, ne fais seulement que te donner à moi apprenti joyeux et gaillard; et moi, pour des Nymphes, je te montrerai ce qui en est. »

Daphnis perdit toute contenance, tant il fut aise, comme un pauvre garçon de village, jeune et amoureux. Si se met à genoux devant Lycenion, la priant à mains jointes de tôt lui montrer ce doux métier, afin qu'il pût faire à Chloé ce qu'il désirait; et comme si c'eût été quelque grand et merveilleux secret, lui promit un chevreau de lait, des fromages frais, de la crème, et plutôt la chèvre avec. A donc le voyant Lycenion plus naïf et plus simple encore qu'elle n'avait imaginé, se prit à l'instruire en cette façon. Elle lui commanda de s'asseoir auprès d'elle, puis de la baiser tout ainsi qu'ils avaient coutume entre eux, et en la baisant de l'embrasser, et finalement de se coucher à terre au long d'elle. Comme il se fut assis, qu'il l'eût baisée, se fut couché, elle, le trouvant en état, le souleva un peu et se glissa sous lui; puis elle le mit dans le chemin qu'il avait jusque-là cherché, où choses ne fit qui ne soit en tel cas accoutumé, nature elle-même du reste l'instruisant assez.

Finie l'amoureuse leçon, Daphnis, aussi simple que devant, s'en voulut courir Chloé, pour lui faire tout aussitôt ce qu'il venait d'apprendre, comme s'il eût eu peur de l'oublier. Mais Lycenion le retint, et lui dit : « Il faut que tu saches encore ceci Daphnis : c'est que, comme j'étais déjà femme, tu ne m'as point fait mal à ce

coup ; car un autre homme, il y a déjà quelque temps,
m'enseigna cela que je viens de t'apprendre, et en eut
mon pucelage pour son loyer. Mais Chloé, lorsqu'elle
luttera cette lutte avec toi, la première fois, elle criera,
elle pleurera, et si saignera, comme qui l'aurait tuée :
mais n'aie point de peur, et quand elle voudra se prêter
à toi, amène-là ici, afin que, si elle crie, personne ne
l'entende, et si elle pleure, personne ne la voie, et si
elle saigne qu'elle se puisse laver en cette fontaine. Et
te souvienne cependant que je t'ai fait homme premier
que Chloé. »

Après lui avoir donné ses avis, Lycenion s'en alla
d'un autre côté du bois, faisant semblant de chercher
encore son oison ; et Daphnis alors, songeant à ce qu'elle
lui avait dit, ne savait plus s'il oserait rien exiger de
Chloé outre le baiser et l'embrasser. Il ne voulait point
la faire crier, car ce lui semblait acte d'ennemi ; ni la
faire pleurer, car c'eût été signe qu'elle eût senti mal ;
ou la faire saigner, car, étant novice, il craignait ce
sang, et pensait être impossible qu'il sortît du sang,
sinon d'une blessure. Si s'en revint du bois, en résolution de prendre avec elle les plaisirs accoutumés
seulement ; et venu à l'endroit où elle était assise, faisant un chapelet de violettes, lui controuva qu'il avait
arraché des serres mêmes de l'aigle l'oison de Lycenion ; puis, l'embrassant, la baisa comme Lycenion
l'avait baisé durant le déduit, car cela seul lui pouvait-
il, à son avis, faire sans danger ; et Chloé lui mit sur
la tête le chapelet qu'elle avait fait, et en même temps
lui baisait les cheveux, comme sentant à son gré meilleur que les violettes ; puis lui donna de sa panetière à
repaître du raisin sec et quelques pains, et souventefois
lui prenait de la bouche un morceau, et le mangeait-
elle, comme petits oiseaux prennent la becquée du bec
de leur mère.

Ainsi qu'ils mangeaient ensemble, ayant moins de souci de manger que de s'entre-baiser, une barque de pêcheur parut, qui voguait au long de la côte. Il ne faisait vent quelconque, et était la mer fort calme, au moyen de quoi ils allaient à rames, et ramaient à la plus grande diligence qu'ils pouvaient, pour porter en quelque riche maison de la ville leur poisson tout frais pêché ; et ce que tous mariniers ont accoutumé de faire pour alléger leur travail, ceux-ci le faisaient alors ; c'est que l'un d'eux chantait une chanson marine, dont la cadence réglait le mouvement des rames, et les autres, de même qu'en un chœur de musique, unissaient par intervalles leurs voix à celle du chanteur. Or, tant qu'ils voguèrent en pleine mer, le son dans cette étendue, se perdait, et la voix s'évanouissait en l'air ; mais quand ils vinrent à passer la pointe d'un écueil et entrer en une baie profonde en forme de croissant, on ouït bien plus fort le bruit des rames, et bien plus distinctement le refrain de leur chanson ; pour ce que le fond de la baie se terminait en un vallon creux, lequel recevant le son, comme le vent qui s'entonne dedans une flûte, rendait un retentissement qui représentait à part le bruit des rames, et la voix des chanteurs à part, chose plaisante à ouïr. Car comme une voix venait d'abord de la mer, celle qui répondait de terre résonnait d'autant plus tard, que plus tard avait commencé l'autre.

Daphnis, qui savait que c'était de ce retentissement, ne regardait rien qu'en la mer, et prenait singulier plaisir à voir la barque voguer vite, comme volerait un oiseau, tâchant à retenir quelque chose de la chanson qu'il pût jouer après sur sa flûte. Mais Chloé, n'ayant jamais ouï ce résonnement de la voix qu'on appelle écho, tournait la tête tantôt du côté de la mer, lorsque les pêcheurs chantaient, tantôt vers le bois, cherchant qui

.eur répondait Eux passés, tout se tut en la mer et dans le vallon ; et Chloé demandait à Daphnis si derrière l'écueil y avait point une autre mer, une autre barque, et d'autres rameurs qui chantassent. Il se prit doucement à sourire, et plus doucement encore la baisa ; puis, lui mettant sur la tête le chapelet de violettes, commença à lui conter la fable d'Echo, lui demandant, pour loyer de lui faire ce beau conte, dix autres baisers. Si lui dit : « Il y a, ma mie, plusieurs sortes de Nymphes : les unes sont Nymphes des bois, les autres des prés et des eaux, toutes belles, toutes savantes en l'art de chanter ; et fille d'une d'elles fut jadis Echo, mortelle, pource qu'elle était née d'un père mortel ; belle, comme fille de belle-mère. Elle fut nourrie par les Nymphes et apprise par les Muses, qui lui montrèrent à jouer de la flûte, à former des sons sur la lyre et sur la cithare, et lui enseignèrent toute sorte de chant : si qu'étant jà venue en la fleur de son âge, elle chantait avec les Nymphes et chantait avec les Muses ; mais elle fuyait les mâles, autant les dieux que les hommes, aimait la virginité. Pan se courrouça contre elle, jaloux de ce qu'elle chantait si bien, et dépité de ne pouvoir jouir de sa beauté. Il rendit furieux les pâtres et chevriers du pays, qui, comme loups ou chiens enragés, se jetèrent sur la pauvre fille, la déchirèrent chantant encore, et çà et là dispersèrent ses membres pleins d'harmonie. Terre les reçut en faveur des Nymphes, conserva son chant, retint sa musique, et depuis, par le vouloir des Muses, imite les voix et les sons, représente, comme faisait la pucelle de son vivant, hommes, dieux, bêtes, instruments, et Pan quand il joue de la flûte ; lequel, entendant contrefaire son jeu, saute et court par les montagnes, non pour autre envie, mais cherchant où est l'écolier qui se cache et répète son jeu, sans qu'il le voie ni connaisse. »

Daphnis ayant fait ce conte, Chloé le baisa, non seulement dix fois, comme il avait demandé, mais beaucoup plus. Car Écho redit, peu s'en faut, tout ce qu'il avait dit, comme pour témoigner qu'il n'avait point menti.

La chaleur allait tous les jours de plus en plus augmentant, parce que le printemps finissait et l'été commençait ; et aussi avaient-ils de nouveaux passe-temps convenables à la saison d'été. Daphnis nageait dans la rivière, Chloé se baignait dans les fontaines ; il jouait de la flûte à l'envi des pins que les vents faisaient résonner ; elle chantait à l'encontre des rossignols à qui mieux mieux. Ensemble ils chassaient aux cigales, prenaient des sauterelles, cueillaient les fleurs, croulaient les arbres, mangeaient les fruits ; et à la fin se couchèrent tous deux sous une même peau de chèvre, nue à nu ; et lors eût Chloé facilement été faite femme, si Daphnis n'eût craint de lui faire sang ; de quoi il avait si belle peur qu'appréhendant de n'être pas toujours maître de soi, souvent il empêchait Chloé de se dépouiller toute nue, tellement qu'elle-même s'en étonnait, mais elle avait honte de lui en demander la cause.

(La suite au N° 44).

Imprimerie de Poissy — S. Lejay et Cⁱᵉ.

PETITE
BIBLIOTHÈQUE ILLUSTRÉE
DES
CONNAISSANCES UTILES
SOUS LA DIRECTION DE
L. HUARD

LISTE DES VOLUMES

Il paraît un volume tous les MERCREDIS dans l'ordre ci-dessus, à partir du 12 avril.

A mesure que la République, au prix des plus grands sacrifices, répand l'instruction dans toutes les classes de la société, le besoin de lire devient chaque jour plus grand, le champ de la curiosité intellectuelle s'élargit; déjà, par la presse, des notions sommaires circulent à travers la masse des citoyens, éveillent en eux la volonté de connaître plus complètement les hommes et les œuvres dont le nom passe sans cesse sous leurs yeux :

Mais, pour satisfaire ces légitimes aspirations, que d'obstacles surgissent devant la grande majorité des lecteurs. D'une part, le prix élevé des livres; d'autre part, la difficulté de faire un choix, d'opérer une sélection dans la liste parfois considérable des ouvrages de chaque auteur.

Ces considérations nous ont déterminé à fonder, sous le titre : *Les Livres du Peuple*, une bibliothèque républicaine qui, sous un format élégant, et pour un prix insignifiant, fournira aux hommes avides à la fois d'instruction et de saines distractions l'aliment généreux et réconfortant dont notre littérature française est une source inépuisable.

Dix centimes le volume, 36 pages de texte, contenant une œuvre ou des fragments d'œuvres à la fois intéressants et instructifs, signées des noms les plus illustres de notre pays; c'est là que nous avons trouvé la solution du problème. Chaque semaine, dans la chambre du travailleur un nouvel hôte viendra s'asseoir pour lui donner des enseignements ou éveiller son imagination, et à la fin de l'année, ces volumes formeront une sorte d'encyclopédie de la pensée humaine.

Des illustrations soignées y ajouteront un attrait particulier.

Nous estimons que, dans le développement de la conscience républicaine, dans la notion juste des droits et des devoirs, réside l'avenir de notre pays. Nous avons la ferme conviction qu'il faut combattre par l'instruction rationnelle les enseignements mystiques et faux du cléricalisme. Notre Bibliothèque sera une arme de propagande démocratique et nous avons l'espoir que le public nous aidera à la porter haute et ferme dans la lutte de l'obscurantisme contre la pensée libre.

Histoire, philosophie, théâtre, romans, sciences physiques et naturelles, industrie, toutes les branches des connaissances humaines trouveront place dans *les Livres du Peuple*.

Nous avons confié la direction de cette œuvre éminemment utile à M. Jules Lermina, dont le républicanisme éprouvé, le talent littéraire et la grande érudition sont pour tous le garant des tendances qui seront imprimées à notre Bibliothèque et du goût qui présidera au choix des publications. Tous les républicains voudront lire et propager ces excellents livres.